백지 고백성사

도서
출판 시인

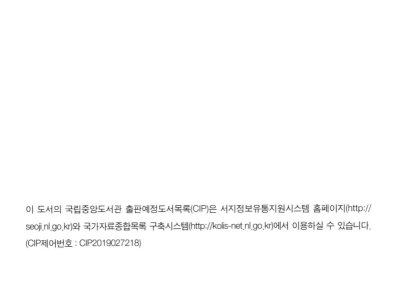

이 도서의 국립중앙도서관 출판예정도서목록(CIP)은 서지정보유통지원시스템 홈페이지(http://
seoji.nl.go.kr)와 국가자료종합목록 구축시스템(http://kolis-net.nl.go.kr)에서 이용하실 수 있습니다.
(CIP제어번호 : CIP2019027218)

백지 고백성사

세월이 지날수록
화석처럼 굳어져 가는
삐뚤어진 나의 소상들

비록 겨자씨만도 못한 믿음을 가지고 있지만
하늘 높은 줄 알기에
빛바랜 백지장에 고백하고
돌아서서 다짐합니다.

그냥 이름 없는 들꽃으로
하늘만 쳐다보고 살아가기를……

시인의 말

무척이나 망설였습니다.
극히 개인적인 치부를 드러내는 발자국을 활자화해야 하는가?
하늘을 바라보고 살면서 냉담자가 자신에게 한 독백을
이렇게까지 써야 하는가?
스스로 수없이 물어봤습니다.

세월이 갈수록, 아니 지난 세월을 하나하나 지워나가면서
제 가슴속에 잘못을 숨기고 살기에는
제 가슴이 너무 좁다는 것을 느꼈습니다.
바람만 불어도 하늘만 쳐다봐도 이제는 통증을 느낍니다.

결심했습니다.
환부를 드러내는 것이 치유의 시작임을 알았습니다.
환부를 드러내지 않고 상처를 치유할 수 없겠지요.
삐뚤어지고 깨지고 부서져 오염된 환부를 보시며
구역질을 하셔도 부끄러워하지 않겠습니다.
돌을 던져도 기꺼이 다 받아드리겠습니다.

이제부터는 벙어리와 귀머거리가 쓰는 언어로
당신 앞에서 조용히 속죄하며 살겠습니다.

차례

시인의 말

1부/ 백지 고백성사

6부/ 폐지 줍는 연인

1부/ 백지 고백성사

세월이 지날수록
화석처럼 굳어져 가는
삐뚤어진 나의 소상들

비록 겨자씨만도 못한 믿음을 가지고 있지만
하늘 높은 줄 알기에
빛바랜 백지장에 고백하고
돌아서서 다짐합니다.

그냥 이름 없는 들꽃으로
하늘만 쳐다보고 살아가기를…….

고백

이제 내 삶의 무게와 색깔이
온몸과 마음으로 오기 시작한다.
잘 못 산 세월에 체한 듯
가만히 있어도 명치끝이 뻐근해진다.

오늘도 몇십 년을 다닌 길을 가다가 길을 잃었다.
어디로 가고 있는지, 여기가 어딘지
아무리 생각해도 기억해 낼 수가 없다.

해 질 녘이면 발끝에서 시작된 신경통이
무릎 허리 어깨를 지나 새벽녘엔
목덜미까지 북상해 올라오는 것이 일상이다.

어리석은 청춘 이렇게 살았습니다.

부족한 부분은
거짓말로 채우고,
작은 것은 뻥튀기해서
남들과 키를 맞추고,

얼룩진 부분은
분가루를 발라서 화장하고,
잘못한 부분은 꼭꼭 숨겼습니다.

내가 지은 가장 큰 죄는 무엇일까?

＊아직도 거짓말을 밥 먹듯이 하며 살고 있는 것.
＊남의 물건을 훔쳤거나 탐냈던 것.
＊아내의 가슴에 못을 박은 것.
＊남의 여인을 탐냈던 것.
＊수없이 스스로 목숨을 끊으려 했던 것.
＊하늘에 투정을 부리며 묵주반지를 우물 속에 집어 던진 것.
＊ ....
＊ ....

이 모든 것 양심의 문제지
유죄 선고를 받은 적이 없다.
그렇다고 마음이 새털처럼 가벼운 것은 아니다.
차라리 그때그때 매라도 맞았으면

지금처럼 삶의 무게가 무겁지는 않을 것 같다.

아득하고 먼 곳까지 날아가
입에는 식구들에게 줄 먹이를 물고
비에 젖은 날개를 퍼덕이며
둥지를 향하던 일상이
형벌이 아니었을까 생각해본다.
괜히 또 눈물이 흐른다.
백지 위에 내 눈물 자국이 진실한 고백이다.

인생은 결국 속도가 아니라 방향이었는데
길을 잃고 아주 멀리 와버렸다.

인생을 낭비한 죄
속죄하며
이제부터라도 용서를 빌고 용서하며
당신이 보시기에 예쁘게 살겠습니다.

다시 활시위를 당기며

당신을 향해
제 믿음의 화살을 당겼는데
아주 멀리 빗나갔습니다.

과녁이 빗나갔다면
빵점이지요?

뻔뻔스럽게도
과녁을 향해 화살을 당긴 것에
위안으로 삼으며 견뎌 왔습니다.

이제 압니다.
이제는 느낍니다.
제가 맞춰야 할 과녁은
멀리 있는 것이 아니라
바로 제 옆에 있다는 것을.

치유될 수 없는 傷處

무지의 바다에서
고통의 잔을 마시고
영혼의 공허와 허무를 느꼈다.

좁은 가슴으로
우주를 품으려다
나 자신도 품지 못하고
가슴을 닫았다.

우주를 못난 가슴에 품으려 했던 것은 죄였다.
우주를 동경했던 것은 병이었다.

하나의 별과
하나의 달도 품지 못하며
우주를 품으려 했던 것은
치유될 수 없는 상처였다.

화석처럼 굳어진 나의 잘못 앞에
오늘 하는 고백성사는
빛바랜 백지장이다.

내 믿음의 허구성

아주 짧은 순간
긴 꼬리를 달고
뇌리를 스친 기억 하나.

그것은 꿈이었다.
그것은 환상이었다.
그것은 내 믿음의 허구성이었다.

당연히 있다고 믿는 것을
어떻게 부정할 수 있을까?

스스로 돌면서 태양 주위를 도는 지구를 닮아
서럽도록 거짓으로 몸만 돌고 있는 나는
오늘도 믿음의 한계점에 부딪힌다.

비가 오려나 보다.
신경통이 무릎에서 머리 위로 북상 중이다.

내 믿음의 圓

몇 바퀴를 돌았는지
언제부턴가 그 숫자의 의미를
잃어버렸다.

내 믿음의 의미도 모르면서
도는 것이 일이었고
일이 도는 것이었다.

갈 수 없는 길
돌고 돌아봐야 제자리인 믿음은
오늘도 허기가 지는데
나를 따라 도는 저 달은
오늘따라 왜 이렇게
가깝게 느껴지는지

애써 달빛을 외면해보지만
뼛속까지 파고드는 달빛은
나도 어쩔 수 없다

백지로 만든 가오리연

백지의 고백 편지
깃털 뽑고 꼬리 잘라
가릴 건 가리고 지울 건 지워서
엇실로 벌이줄 매어
흔들리는 마음을 얼레 풀어 하늘에 띄워본다.

이것이라고 말할 수는 없지만
나는, 왜, 그리 하늘에 띄우고 싶은 것
바람에 날리고 싶은 것, 흔들리는 것이 많은지
백주에도 늘 작은 바람에 가슴이 흔들렸고
누군가 얼레 풀어 나를 놔주는 듯싶으면
바람 잔잔해지고
또 누군가 줄을 당겨 가슴을 조인다.

솔개 바람처럼
항상 가슴속의 무언가를 띄워 보내고
내 그림자로부터 멀어지고 싶었지만
높이 오를수록 작은 가슴은 식어갔고
연 꼬리는 더욱 바람에 흔들렸다.

당신은 누구신가요

당신은 누구신가요?
무언가 잡힐 것 같은 허상을 보고
허기지도록 따라가 보면
거기엔 겨우 냉수 한 사발.

당신은 신기루
얄팍한 믿음 속에
하루하루는 까마득하고
정작 와 닿는 것은 스치는 바람 소리뿐.

당신은 신기루
풀리지 않는 매듭에
소주 한 잔 부어대면
바람이 일고
또 흔들린다.

산 넘어 산 물 건너 물

하늘이시여!
삶이 무엇입니까?

산 넘어 산
물 건너 물.

하늘이시여!
사랑이 무엇입니까?

봄 여름 가을 겨울
봄 여름 가을 겨울.

하늘이시여
저는 누구입니까?

조선 팔도 지천에 핀
개망초.

못이 나에게 하는 말

나는
꼿꼿하고 뾰족한 나체의 몸으로 족보도 없이 태어나서
살아가며 운명의 거역이라는 것이 고작
가다가 막히면 휘어지던지 부러지는 것이야.

나는
쇠망치로 머리를 맞으며, 멍든 가슴 움켜쥐고 박힌 자리에서
평생 제 자리를 지키며 내 임무를 다하는 것이야.
두발 달린 네가 내 앞에서 운명을 이야기할 수 있어?

그래
존재하는 것은 모두 운명의 거역이라는 것이 흔들림이 전부지.
다만 입 다물고 표현을 안 할 뿐이겠지.
흔들리는 세상에 내 그림자가 아직도 목발을 짚고
뒤뚱거리는 것은 당연하겠지.

보이는 것은 진실이 아니다.
진정한 삶의 그림자는 침묵 속에 숨어있다.
다시는 못 앞에서 운명을 이야기하지 말자.

오늘 하루를 되새김질 하는 중

늙은 할망구가 쑤어 준 여물 한 함지
주체 못 하는 입을 막던 부리망* 벗어던지고
부끄러운 입속에 부리나케 쑤셔 넣고
캄캄한 외양간에서 오늘 하루를
곰곰이 되새김질* 하는 중.

고단하게 마감한 오늘 하루.
탐욕과 성급함에 지쳐버린 내 가슴.
밤새도록 온 뼈 마디마디가 빠져나와 통증을 일으키고
눈 감고 누웠어도 갈다 남은 자갈밭이 아른거리는데
천근만근 무거운 몸과 마음은
스멀스멀 낮은 옥타브로 가라앉는다.

급히 삼킨 거친 여물이
헛바닥을 찌르는데
어금니 닳도록 오늘을 되새김질해도
아직도 삭히지 못한 당신의 마음.
아직도 느끼지 못한 당신의 사랑.

* 부리망 : 논밭을 쟁기로 갈 때나 논 밭을 지나칠 때 소 입에 씌워 주전부
　　　　　리를 막는 그물.

* 되새김질 : 소나 염소 같은 초식동물이 한번 삼킨 먹이를 게워 내어
　　　　　　다시 씹는 일.

형이상학과 형이하학 사이에서

한동안 당신을 찾아 헤매면서
형이상학形而上學과 형이하학形而下學사이에서
방황한 적이 있었습니다.
초경험적인 원리와
무지한 놈의 감성적인 경험 사이에서
당신을 찾아 이길 저 길을 기웃거렸습니다.

제가 당신을 찾아 헤매고 있지
당신이 저를 찾아 헤매고 계시지는 않잖아요.
이미 당신은 제 곁에 와 계시니까요.

마르지 않는 샘을 파려고
하늘만 처다보며 걸었습니다.
바보처럼
제 발밑에 지하수가 흐르는 것도 모르고.

고백 같은 소나기

복받친 설움
한바탕 천둥소리로
하늘이 뚫리고

참았던 눈물
한꺼번에 흘러내려
내를 이루다.

그리고
강 건넛마을에
무지개를 그렸다.

게
—자식 앞에 보여준 나의 삶

나도 똑바로 걷고 싶었어.
게딱지 속에서 자라난 생각이지만
내가 사는 갯벌이 역겨울 땐
흰 거품을 내뱉으며
구부러진 내 집게발은
자꾸만 갯벌 속으로 기어드는 시간을
수없이 집어 올렸어.

나도 앞으로 걷고 싶었어.
게딱지 속을 들락거리며 작은 눈으로
바라보는 세상이지만
제 살을 깎아 허옇게 밀어내는 바다를
옆으로만 기며 방관하고 싶지는 않았어.

나도 딱딱한 껍질을 벗고
정말
정말
앞으로 가고 싶었을 때
늘 그래왔듯이

나를 닮은 새끼들은 낄낄거리며
자꾸 옆으로만 기고 있네.

말과 행동이 다른 나의 일상

도장포에서 봤던
도장장이의 눈동자와 손놀림을 생각하면서
그가 잡았던 조각도 대신 호미를 들고
자갈밭에 나의 기도문을 새기는 중이다.

내가 보기에 바로 새기면
남들이 볼 때 거꾸로 보인다.
도장장이는 모든 걸 뒤집어 생각한다.
거꾸로 새겨야 찍고 나면 바로 보이기 때문이다.

도장장이의 눈동자와 손놀림에는
한 치의 실수와 오차도 허락지 않는다.
그러나
조각도 대신 호미를 들은 나는
눈과 마음과 손이 따로 놀면서
무엇인지 알 수 없는
지렁이 지나간 발자국을 새기고 있다.
오늘도……

냉담자의 세월

언제부턴가
세월은 흐르지 못하고
차곡차곡 쌓여만 가고 있다.

길을 잃었다고
방향까지 잃어버린 건 아닌데
동서남북 방향도 가물가물해진다.

당신을 찾아가는 길
길은 길에 연하여 끝이 없고
내가 할 수 있는 일은
그냥 떠내려가지 않으려고
기를 쓰고 당신의 끄나풀을 잡고
매달려 있는 것이 전부입니다.

한줄기 소나기를 기다리며

당신의 물기 없는 말 한마디도
그냥 스치고 지나는 바람 한줄기도
나의 갈증을 달래주려고
오래 머물지 않았습니다.

오시면 가시기에 바빴고
가시면 언제 오실지
기약이 없었지요.

그것이 당신과 내가 만들어놓은 샘터지요.
그것이 당신과 나 사이의 믿음이지요.

오늘도
그냥 처마 끝에 매달렸다 떨어지는
눈물방울로 입술을 적십니다.

아름다운 섬

언제부터였는지 기억은 없는데
나는 외딴섬이 되었다.
당신의 기억 속에서 떨어져 나와
기약 없이 표류하다가 암초에 걸려
추억을 붙잡고 발자국을 세고 있다.

내 섬에는
꽃도, 새도, 바람도 없다.
그냥 당신의 관심에서 떨어져 나온
모나고 각진 파편들이 모여 살고 있다.

내 섬에는
당신의 기억 속에서 떨어져 나온 실종자들이
파도가 전해주는 당신 소식에 목말라
귀 기울이며 밤을 샌다.

재수 좋은 밤이면
가끔 소라껍질 속에서 연주되는
소야곡에 귀 기울이면서……

가슴속에서 떨고 있는 숨겨진 기도

개는 자기 앞에 날아온 돌을 보고 화를 내지
돌을 던진 사람은 개의치 않는다.
거울은 자기 앞에 선 사람을 비춰 주기만 하지
삐뚤어진 부분까지 지적해주지 않는다.

나는 내 앞에 날아온 돌과 보이는 모습에만 주력했다.
그 결과 잘못과 실수는 더 이상 담을 그릇이 없으며
나의 은밀한 부끄러움은 절구통처럼 무겁다.

내 영혼을 기도 속에다 흠뻑 담그지 못하고
습관처럼 구걸하는 데만 익숙해 있었다.
그러나 산다는 것은 꿈을 꾸는 것이겠지.
꿈을 꾼다는 것은 이름 모를 꽃씨를 뿌리는 것이겠지.

모든 강물은 바다로 흘러간다.
다하지 못한 말과 어눌한 그림자를 가슴에 품고…….
강가에 핀 이름 모를 꽃들의 합창을 들으면서…….
가슴속에서 떨고 있는 숨겨진 기도를 하면서…….

저 하늘별에다 묶어놓은 나의 믿음

내가 보낸 오늘 하루
영혼이 허공에서 몸부림친 날갯짓에 불과하다.
차가운 가슴속에서 당신을 찾아 헤맨 세월
이제는 더 갈 수 없는 벼랑 끝에 서 있는 느낌이다.
당신의 마음속에 내가 있어야 하는데
당신이 나를 미워하는 것 같아 투정을 부립니다.

이제 조금은 알 것 같습니다.
지적인 확신이 아니라 실존적인 확신이
당신에 대한 믿음으로 가는 길이라는 것을……

삶, 결국 내 앞에 있는 그대로겠지요?
치열한 인간적인 갈등으로 머릿속은 복잡하지만
실존하는 곳에는 항상 당신이 보였습니다.
이제는, 굳이 스스로에게도 정직하지 못한 삶을 살면서
당신을 보따리에 싸서 짊어지고 다니지 않아도 되겠지요?
그냥 믿음을 하늘의 저 별에다 묶어놓고 살겠습니다.
오늘부터는…….

이제야 알았습니다

하늘이시여 감사하나이다.
이제야 알았습니다.
하늘이 저에게 한 가지 고통과 고민만 주지 않으시고
여러 가지 고통과 고민과 고뇌를 주셨는지를
이제야 알았습니다.

한 가지 고통과 고뇌에 시달린 많은 사람이
스스로 목숨을 끊고 자살을 했거나 추락을 했습니다.
제가 목을 매지 않은 원인과 추락하지 않은 이유를
이제야 깨달았습니다.

제가 말 못 하는 벙어리가 되었을 때 하늘을 원망했지만
저를 귀까지 먹게 한 이유를 이제야 깨달았습니다.
세상 소리를 다 들으며 말만 못 하는 벙어리로 만드셨다면
제가 어떻게 제 분노를 삭이며 살았겠습니까?
당신의 깊은 뜻을 이제야 깨달았습니다.

더욱 하늘에 감사하고 싶은 것은
제 눈을 멀게 하시어 가슴으로 세상 보는 법을 가르쳐주셨으니
이보다 더 감사한 것이 어디 있겠습니까?

저보다 더 축복받은 사람이 어디 있겠습니까?
이제야 알았습니다. 당신의 사랑을……

결국 또 변명을 합니다

하늘 아래 무릎 꿇고
말로써 하는 고백
결국 진실성의 한계를 느낀다.

손으로 지은 죄보다
입으로 지은 죄가 많은 사람으로
입에서 나오는 것은 변명이고
자신의 합리화뿐이다.

결국,
나는 또 자신을 변명하고 있다.

변명
저는 어려서부터 가슴이 저미어오는 날이면
저 자신에게 편지를 썼어요.
그렇게라도 해야 눈앞에 그려지는 무지개를
지울 수가 있었어요.

어린 자식 보는 앞에서

시뻘건 강물에 뛰어들어 떠내려가는 엄마를……
엄마는 살려달라고 강버랑이 무너지도록 소리를 지르며
울부짖던 유년의 기억

제 상처의 시작은 거기서부터였습니다.
제 기도의 시작도 거기서부터였었습니다.

날개가 있어도 날지 못하고
다리를 절며 살았습니다.
세상의 못된 전염병은 모두 받아들이며
술에 취해 시궁창에서 허우적거렸습니다.
못난 자신을 숨기려 가면을 쓰고
허세와 거짓과 객기를 부리며 살았습니다.
지금도 그 허세와 부풀려 말하는 것이 몸에 배어
그림자처럼 저를 따라다니고 있습니다.
그것은 붕어 등짝에 붙어있는 비늘처럼
저를 지탱시키는 갑옷인지 모르겠습니다.
저 스스로 갑옷을 벗을 수가 없습니다.
오랜 세월 그것은 저와 한 몸이 되어 있습니다.

이제부터라도 미움을 버리고
증오심을 허물고 가면을 벗고 살겠습니다.
사랑이 흘러나오는 샘물이 되어 마중물이 되겠습니다.
이끼 낀 비늘을 하나하나 떼어내고
민낯으로 살겠습니다.

神을 다른 사람의 마음속에서 찾겠습니다.
神을 존재 그자체로 믿고 선 자체로 알겠습니다.
神을 나 자체보다도 친밀한 힘으로 믿겠습니다.

결국은

말은 다 말이 아니지
이 말은 이래서 못하고
저 말은 저래서 못하고
무덤까지 가지고 가야되는 말이 있지.
에이, 그냥 백지로 남기지

결국은
아무리 해를 등지고 살았어도
나 자신에게 거짓말을 하지 않는 것이
진실한 고백 같아
백지로 고백합니다.

There is a surprising
usefulness in learning
not to lie to yourself.

2부/ 어머니의 하얀 고무신

장마철 시뻘건 강물에 몸을 던져
떠내려가는 어머니의 하얀 고무신
내 엄마의 하얀 고무신
내 상처는 거기서부터 시작되었고
내 기도도 거기서부터 시작되었다.

어머니의 하얀 고무신

오십오 년 전 장마철
시뻘겋게 불어난 한탄강 강물에
떠내려간 내 어머니의 하얀 고무신.
아직도 내 가슴에 떠다니며
구석구석을 찌르고 다닌다.

내 상처의 시작은
어머니의 하얀 고무신이었고
내 기도의 시작도
어머니의 하얀 고무신이었다.

아무리 세상살이가 괴롭더라도
열두 살 어린 자식 보는 앞에서
시뻘건 강물에 몸을 던지십니까?

그때 어머니는 저에게
하늘이었고 세상 전부였습니다.

한탄강 강벼랑이 무너지도록

우리 엄마 살려달라고 울부짖으며
어머니의 하얀 고무신을 따라
나도 떠내려갔었지요.

이것이 그때 내 기억의 모든 것입니다.

많은 세월이 지났는데도
시뻘건 강물에 떠내려가는
내 어머니의 하얀 고무신
내 엄마의 하얀 고무신
내 인생 아픔의 하얀 고무신……

어머님께 용서를 빕니다

여태까지 살아오면서
가장 미워하고 용서 못 한 사람이 있었다면
어머니였습니다.

믿음에 대한 배신감······.
자식 보는 앞에서 자살을 택한 것······.
저도 스스로 목을 매고 자살을 시도한 적이 있었지만
그 순간까지도 어머니를 용서할 수 없었습니다.

자식이 부모를 용서한다는 것은 어폐가 있는 말이지만
제가 잡고 있는 어머니에 대한 끄나풀 한쪽은 미움이고
한쪽은 사랑인데 미움의 끄나풀만 잡고 있었습니다.

이제 제 잘못을 뉘우치고 용서를 빕니다.
어쩌면 제가 어머니의 슬픔과 고통의 원인이었겠지요.
가장 큰 죄 중의 하나가 부모를 미워한 죄겠지요.
불효자식 용서하소서.

매운 고추를 씹으며 달랜 상처

나는 어려서부터 무언가 답답할 때는
고추밭으로 뛰어갔었다.
어린 가슴속에 치밀어 오르는 화기를 누르는 데는
매운 고추보다 더 좋은 것이 없었으니까.

하루종일 다물고 산 입에
매운 고추 서너 개 넣고 씹으면
매운맛에 쫓겨 모든 것이 다 도망을 갔으니까.

헛바닥은 맵다고 소리치지만
가슴속에서 내미는 잡초의 싹을 잘라버리기에는
고추보다 더 좋은 약이 없었으니까.

지금도 가끔 청양고추를 맨입에 씹는다.
헛바닥 놀림을 자제하기 위해서

한탄강은 알고 있다

흐르는 세월 따라
모두가 둥글둥글해진 자갈 틈에
아직도 각을 세운 돌멩이 하나
절망의 외침이 얼마나 애절했기에
저리도 시리도록 각을 세우는가?

은하수 강물 위에 아직도 떠다니는
어머니의 하얀 고무신
강벼랑을 맴돌고 있는 처절한 절규
이제는 돌아앉아 강바람을 달래도 좋으련만
아직도 떠날 줄 모르고 울고 있네
우리 엄마 살려달라고

저 강은 알고 있지
너의 상처를……
너의 기도를……
너의 눈물을……

아직도 떠내려가는 어머니의 하얀 고무신

어머니!
오늘 또 부끄러운 매듭을 지었습니다.
항상 무언가 잡힐 것 같은 허상이 보여
흔들리는 꿈의 그림자를 따라가 보면
저─만큼 달아난
또 다른 또 하나가 있을 뿐입니다.

어머니!
아직도 심한 갈증에 시달리고 있습니다.
아직도 홍역을 앓고 있습니다.
아직도 아물지 않은 상처를 바라보며
기도하고 있습니다.

어머니!
저녁을 굶던 날 밤에도
"푸른 하늘 은하수"를 불러주시며
별을 한 삼태기 쓸어 모아
제 가슴에 부어 주시던 어머니가
오늘따라 더욱더 둥글게 가슴에 다가옵니다.

어머니!
이제는 어머니의 하얀 고무신을
떠내려 보내렵니다.
이제는…….

어머니를 위하여
—감춰진 슬픔

잔잔한 한탄강이
달빛에 희미하게 빛나고,
어머니의 슬픔이
나의 아픈 곳을 찔렀다.

나는 어머니의 슬픔을
생각지 않으려고 노력했으나,
그것은 언제나
내 앞에 조용히 서 있다.

이렇게 허허로운 밤,
내 가슴에 와 닿는
감춰진 슬픔.

잔잔한 강물이 달빛에 희미하게 빛나고,
어머니의 슬픔이
나의 아픈 곳을 찔렀다.

FOR THE SAKE OF THE MOTHER
　　—Hidden sorrow

The calm Hantan river shimmered
in the moonlight,
the sorrow of mother
touched me on the raw.

Though I tried not to think
the sorrow of mother,
it is always standing still
in front of me.

Such a lonely night,
a hidden sorrow that
rang in my mind.

The calm river shimmered
in the moonlight,
the sorrow of mother
touched me on the raw.

부채

부채*질을 하면
광목 치마를 입으신 어머니가 보인다.
자식 보는 앞에서 강물에 몸을 던진 어머니가.

부채질하면
긴 겨울밤 해소 기침 소리로
세월의 문풍지를 울리던 아버지가 보인다.

부채질하면
미완성 소야곡이 들려온다.
가련한 청춘이 애써 부르는 미완성 소야곡이.

*부채 : 바람이란 불을 피우기도하고 끄기도 한다.
　　　 자식이 부모에게 준 상처는 부모는 살아가며 잊지만,
　　　 부모가 자식에게 준 상처는 아물지 않는 고질병이다.

손톱은 슬플 때마다 돋는다지요

어머니!
손톱은 슬플 때마다 돋고
발톱은 기쁠 때마다 자란다고 하셨지요?

어머니!
자라나는 손톱을 습관처럼 이빨로 잡아 뜯어도
자고 나면 거칠게 돋아나는 손톱을
어떻게 해야 합니까?

어머니!
오늘도 해를 등지고
제 그림자를 밟으며 살았습니다.
그래도 길게 자란 손톱이
당신 자식 가슴을 찌릅니다.
어머니!

당신의 목소리

내 청춘이 물에 빠져 허우적거릴 때
나는 울지 않고 세상을 비웃었다.

내가 지고 가는 지게 발이 부러져
땅에다 지게를 세울 수 없었을 때
나는 그냥 벌을 서는 것처럼
지게를 지고 투정을 부렸어.

내가 건너려는 냇가의 다리가 없어져
가던 길을 갈 수 없었을 때
나는 돌아서서 팔뚝질하며 외쳤어
너 아니라도 세상 모든 곳이 길이라고.

양어깨에 날개를 달았을 때
나는 스스로 깃털을 뽑았어.
왜냐고?
당신을 높은 곳에서만 찾았었는데
낮은 곳에서 당신 목소리가 들려왔거든.

내 눈물의 의미

내 눈물로 당신을 수몰시키려고
그동안 눈물을 흘리지 않았어.

내 눈물에 수몰당한 것은
여태까지 결국 나 자신밖에 없었어.

한탄강은 겨울이 되면
저항하지 못하고 얼어붙었지만
내 가슴에 흐르는 강물은
영하 30도에도 얼어붙지 못하고
나를 빠져나오지 못하게 수몰시키고 있어
이것이 내 눈물의 의미야

청춘 소야곡

나에게 주어진 청춘의 악보는
못갖춘마디에 쉼표와 마침표가 없는 악보였어.

반 박자 모자란 마디에
한 소설이 지나도 쉼표가 없는 악보였지.

그것은 그냥 느끼는 것이지
설명할 수 없는 악보였어.

그것은 그냥 믿고 따라가는 것이지
계산하는 것이 아니었어.

나의 분노와 갈등의 무게를 달 수 있는
저울이 없듯이, 그것은 나만을 위한
악보는 아니었어.

꾸밈음을 잘 넣어야 소리가 있어 보이는데
나에게는 꾸밈음도 욕심이고 사치같은
세월이었어……

개똥벌레의 고향

내 고향 수리울 번드리*
한탄강 건너 별똥별이 모여 사는
별 밭이었지

너무나 많은 것을 꿈꾼 죄로
개망초 피는 언덕으로 유배되어
밤하늘에 쓸쓸한 방랑자가 되었지

고향이 그리워
꼬리에 별을 달았지만
나는 어쩔 수 없는
개똥벌레, 개똥벌레

오늘 밤도 멀리서
개 짖는 소리만 들린다

*수리울 번드리 : 수리울은 연천, 번드리는 고문리의 옛지명.

하룻밤 달그림자에 취하다

초저녁부터 따라나선
달그림자
술보다 더 독한
달그림자의 추억에 취하다.

이른 아침 붉게 충혈된
동쪽 하늘을 쳐다보고
하룻밤 동안 취했던 것을 느낀다.

잃어버린 절규를 찾아서

꾸부정한 한 늙은이가
한탄강 강벼랑을 기어가며
지난 세월을 더듬고 있었다.

아직 마침표를 찍지 못한 바람 한 줄기가
늙은이를 따라간다.

바람과 그 늙은이가 하는 말을 엿들었다.

'영감! 이제 그만 찾아!'
'그때 그 소년의 절규는 강물에 녹아 바다로 가버렸어.'

'바람아! 나는 무엇을 찾고 있는 것이 아니라네'
'평생 해야 할 감사 기도를 하고 있는 중이라네'

당신의 울타리

저도 어쩔 수 없이 엄마를 닮아
어려서부터 세상을 버리고 싶었어요.

눈과 마음을 한 곳에 고정하지 못하고
가슴속 희망의 빈곤함이
제 청춘을 마비시켜 다리를 절며 살았지요.

꿈과 희망을 기다리는 여정에서 생기는 좌절감
그 허기를 달래려고 울타리 밖으로 뛰쳐나갔지만
당신은 항상 제 고삐를 잡아당겨
울타리 안에 가뒀지요.

언제부턴가 알았지요.
아니 뼈저리게 느꼈지요.
당신의 울타리는
저를 가두려는 것이 아니고
외부로부터 불어오는 바람에
저를 보호하려는 것이라는 것을.

하늘을 쳐다봐도 눈물이 나고
땅을 쳐다봐도 눈물이 나고
뒤돌아서도 눈물이 나네요.

옥수수 토시 하나

말없이 보낸
흙 속의 세월

따가운 햇볕 길게 머물다 간 옥수수밭
서러움이 퉁퉁 부어오르도록 울어버린
옥수수 토시 하나
뒤뚱뒤뚱 거리며 불어온 작은 바람에
물기 없는 머리칼 날리고 있다.

긴 긴 여름
삼베옷에 모시 적삼 겹겹이 두르고
탈상을 기다리는
옥수수 토시 하나
흙 속에 묻은 고뇌 가늘게 뽑아 올려 수천 필의 베를 짠다.

바람도 비켜선 生의 비탈밭
기다림이 사마귀처럼 돋아난
옥수수 토시 하나
꿈꾸는 작은 알갱이 꼽추처럼 등에 업고

진한 흙내음에 취해 긴 침묵에 잠긴다.

말없이 보낼 흙 속의 세월…….

어머니의 침묵

오늘도
神을 생각하다가
우주를 생각하다가
한탄강에 머물고 있는
어머니의 침묵을 바라보고 있습니다.

제 삶은 과거의 기억으로 착색되어
더 이상 어떤 무지개도 그려본 적이 없습니다.

어머니!
오늘도 어머니의 침묵을 바라보며
어머니의 오두막 신전에 군불을 지핍니다.
눈물이 나네요.
슬퍼서 우는 것이 아니고
청솔가지 연기가 매워서 웁니다.

어머니의 무게

어떤 것이고
무겁고 아프고 충실한 것은
밑으로 가라앉는다.

내 앞에 바람을 타고 온 것은 악취였고
먼 길을 돌아 쩔뚝거리며 도착한 것은
어머니였다.

어머니의 옷에는 주머니가 없다.
모든 걸 가슴속에다 담고 사셨으니까.

아직까지 내 가슴속에
어머니의 무게보다 더 나가는 것은
보지도 듣지도 못했다.

아마 어머니 가슴속에는
내가 모르는
내가 이해할 수 없는
내가 다가갈 수 없는
별이 들어있나 보다.

3부/ 아내의 결혼반지

有罪無

아내의 결혼반지 몰래 꺼내다
전당포에 오만 원에 잡히고
결국은 찾지 못해 그렇게 날아갔지.

35년이라는 세월 동안
나는 내 가슴속에다
당신의 결혼반지를
주홍글씨처럼 새기고 살았다오.

오늘 백지로 고백하며
용서를 빕니다.

아내의 결혼반지

결혼할 때 아내에게 해준 결혼반지
아내는 닳을까 봐 손에 끼지도 못하고
장롱 속에 깊이 모셔놓은 당신의 모든 것.

아내 몰래 꺼내다가 전당포에 잡히고
오만 원 빌려다가, 결혼하는 친구
신혼 여행비로 줬지.

곧 갚을 줄 알고 빌린 돈 오만 원
결국은 갚지 못하고
당신의 결혼반지는 그렇게 날아갔지.

당신은 장롱을 수십번씩 뒤지며
관리를 못 한 자신의 탓으로 돌리며
자책하는 모습만 내 앞에서 보였었지.

나는 오늘날까지
당신에게 사과 한마디 하지 않고
가끔 그때 그 전당표만 바라보며

내 가슴을 돌덩이처럼 굳혔다오.
오늘 이것은 백지로 고백할 수 없어
눈물로 고백합니다.
미안합니다.
용서를 빕니다.

결혼반지는 잃었지만
나는 내 가슴속에다
당신의 결혼반지를
주홍글씨처럼 달고 살았다오.

하늘이시여!
저의 잘못을 스스로 판단하여
가슴에 붉은 글씨를 달고 산
울보를 용서하소서…….

그때 반지를 저당 잡혔던 전당표

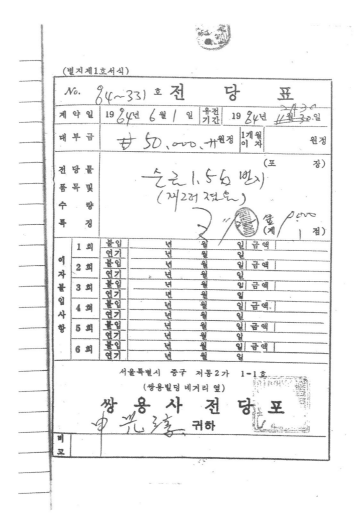

(별지제1호서식)

No. 84~331 호 전 당 표

| 계약일 | 19 84 년 6 월 1 일 | 유전기간 | 19 84 년 # 월 30 일 |

대부금 ₩ 50,000 원정 1개월이자 원정

전당물 품목 및 수량 특징 (포장)
순은 1.56 반지 (제2려 전윤)
물(계) 점

	1 회	불입	년	월	일	금액
이자불입사항		연기	년	월	일	
	2 회	불입	년	월	일	금액
		연기	년	월	일	
	3 회	불입	년	월	일	금액
		연기	년	월	일	
	4 회	불입	년	월	일	금액
		연기	년	월	일	
	5 회	불입	년	월	일	금액
		연기	년	월	일	
	6 회	불입	년	월	일	금액
		연기	년	월	일	

서울특별시 중구 저동2가 1-1호
(쌍용빌딩 네거리 옆)

쌍 용 사 전 당 포
申 泜 2훙 귀하

| 비고 | |

잊고 산다는 것

잊는다는 것은
하늘의 축복 아닌가요?

당신의 모습
당신의 목소리
당신의 미소까지 잊었기에
풀벌레 소리가 들리는 것 아닌가요?

잊고 살기에
내가 아직도 가던 걸음을 멈추지 않고
계속해서 걸어가는 것이 아닌가요?

그래서
길은 잃은 지 오래됐지만
지금도 방향만 보고
걸어가고 있습니다.

우물 속에 던져버린 묵주반지

결혼할 때 아내가 해준 묵주반지
처음에는 훈장처럼 손가락에 끼고 다니며
지구를 몇 바퀴 도는 믿음으로 돌렸었지

믿음의 기름이 떨어져
호롱불 심지가 타들어 가는 것도 모르고
어두운 불꽃만 탓을 했지

돌리고 돌려도 대답 없는 기도에
어린애가 투정이라도 하듯
애꿎은 묵주반지를
우물 속에 집어 던져버렸지
말로 표현 못 할 푸념을 하면서

던져버리면 그만인 줄 알았는데
세월이 흐를수록 우물 속에 묵주반지가 말을 하네.
네 놈이 우물에 뛰어들지 않고
나를 우물 속에 던져버린 것이
기도의 대답이라고
기다리는 것도 능력이라고

지금도 시골집 우물 앞에 서면
죄스럽고 죄스러운 마음
얼마나 두레박을 내려야
당신을 건질 수 있으려나……

자식 돌 반지

IMF 때 금 모으기 운동을 했지
명목도 있고 돈도 필요한데
잘됐구나, 내다 팔았지.

아들아!
너희들 돌 반지까지 내다 팔아
공장 돌리며 오늘날까지
버티어왔단다.

이 애비를 이해하거라!
우리 집에는 금붙이는 없어도
손주 새끼들 뛰어놀 수 있는
애비의 무릎이 있단다.

채워지지 않는 물동이

늦가을 문밖엔
찬바람
깨진 물동이를 쓸어안고 떠날 줄 모르고
일상의 기다림에 갈증 느낀 나는
기다림을 마시려고 우물 앞에 섰다.

타인처럼 스쳐 지나는 바람
내 야윈 목덜미를 감아 돌고
우물 속에는 뒤뚱거리며 흐른 세월 속에
묵주반지의 그림자가 보였다.

나는 나에게 부끄러워
발밑에 뒹구는 낙엽 하나로 눈을 가렸다.
그리고 처음부터 흔들림 속에 자란 꿈 자락에
미련을 보내며
바람에 떨었다.

삼 년 가뭄에도 마르지 않은 우물
내 앞에 놓여있는 채워지지 않는 공간.

두레박을 내려라!
물동이를 채워라!
샘이 마르도록 퍼내라!

밤하늘을 쳐다보며
어둠 속에 묻어버린
태어나지 못한 꿈의 씨앗만큼이나
두레박을 내렸다.

갈증에 시달리는 것은
내가 아니고 우물 속의 묵주반지였다.
사그라져 가는 것은
꿈이 아니라 세월이었다.
무너져 내리는 것은
기다림이 아니라 믿음이었다.
추락하는 것은 환상이 아니라
현실이었다.

바람은 계절마다 삶의 큰 굽이를 틀었고
인생의 색깔은 가을 색을 띠는데

깨진 물동이는 우주 같은 공간을 잉태했다.

썰물 빠진 갯벌에
거대한 침묵이 무너지며
비상飛翔하는 갈매기는 노래했다.
좀 더 일찍 버렸어야지.
좀 더 일찍 알았어야지.
아무리 채우려 해도 채울 수 없다는 것을……
아무리 퍼내도 마르지 않는다는 것을……

4부/ 몰래 바꿔 신은 운동화

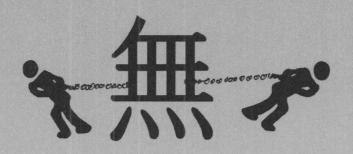

여보게! 친구
우리는 서로의 병을 치료할 수 있는 만병통치약을
서로가 가지고 있었는데도, 나의 무관심 때문에
자네를 잃었네.

하늘이시여!
친구가 탈출구를 찾고 있을 때
비상구가 되어주지 못한 이 청춘을 용서하소서!

몰래 바꿔 신은 운동화

어제 산 운동화를 신고 산책을 하고 돌아오는 길에 아침 겸 점심을 때우기 위해 근처 자주 가는 해장국집에 들렀다.
운동화를 벗고 들어선 식당 안에는 마침 손님이 한 명도 없었다. 자리를 잡고 주문을 하는데 남루한 남자 손님이 한 명 들어왔다. 음식을 기다리며 나는 그 사람에게서 눈을 뗄 수가 없었다. 자세히 보니 행색이 말이 아니고 옷차림이 걸인 같았다.

식사를 하는 동안 다른 손님은 더는 들어오지 않았다.
나는 그 사람보다 먼저 일어나 계산을 하고 나와 운동화를 신으려는 순간 온몸이 떨려오는 전율을 느꼈다. 내 운동화 옆에 벗어놓은 운동화, 그것은 사람이 신을 수 있는 더 이상의 신발이 아니었다. 떨어지다 못해 쓰레기통에서도 볼 수 없는 그런 상태였다. 그것은 분명 안에서 해장국을 먹고 있는 그 사람 신발이라는 생각이 들었다.

어려서 목을 매 자살한 친구의 생각이 뇌리를 스치며 나는 내가 하는 행동이 아니라 누군가의 지시에 의해 움직이는 꼭두각시 인형처럼 그 운동화를 신고 내 운동화를 남겨둔 채 도망치듯 식당을 빠져나와 숨어서 그 사람이 나오기를 기다렸다.

한참 후 그 사람은 연극 무대의 배우처럼 내 운동화를 신고 나와 발을 툭툭 털며 가벼운 발걸음으로 땅만 보고 걸으며 멀어져갔다. 하늘 한번 쳐다보지 않았다.

 나는 집 근처까지 와서 쓰레기통에 그 사람의 운동화를 벗어 던지고 맨발로 걸으며 읊조렸다.

 하늘이시여!
 제 의지와 상관없는 일을 하였나이다.
 저는 그동안 너무 편한 신발을 신고 거룩한 땅을 밟았나이다.
 용서하소서!

열여덟 살에 목을 맨 친구에게

여보게! 친구!
미안하네.
나는 자네가 탈출구를 찾고 있었을 때
비상구가 되어주지 못했네.

발 크기가 같으면서도
자네가 다 떨어진 운동화를 신고 다닐 때
집에 있는 운동화 하나 자네에게 줄 생각도 못 했었네.

자네가 시궁창에 넘어졌을 때
내 손에 더러운 물이 묻을까 봐 자네에게
손을 내밀지 않았었네.

친구 앞에서 잘난 체나 할 줄 알았지
어디가 아픈지를 살펴주지 않았네.

여보게! 친구!
아무리 그래도 그렇지
새끼줄에다 어떻게 스스로 목을 매나?

이 못난 친구야!

아직도 자네 어머니의 절규하는 모습이
눈에 선하네.

우리 그때 하던 짓거리 있잖아
뒷골목에서 담배꽁초 하나 주워 피며
깡통 한번 걷어차면 모든 것이 다 풀렸었잖아?
그때 학교 못 다니고 못난 놈이 우리들뿐이었나?
지천으로 깔린 것이 방황하는 청춘이었는데……

우리는 서로의 병을 치료할 수 있는 만병통치약을
서로가 가지고 있었는데도 나의 무관심 때문에
자네를 잃었네.
미안하네, 용서를 비네.
자네가 나한테 쏟아부은 우정의 절반만 자네에게
부었어도 자네는 극단적인 선택은
안 했을 텐데……

오늘도 청계산 공동묘지 근처를 지나며
용서의 성호경 한번 긋고 가네.
상처받은 영혼을 위하여!
절름발이 청춘을 위로하며

하늘이시여!
친구가 탈출구를 찾을 때
비상구가 되어주지 못한 이 청춘을
용서하소서!

거지의 까발이 안에 잠자는 나의 양심
—고백하지 못한 나의 양심

아직도 그가 요구하는 것은 단 한 가지뿐
그가 들고 있는 찌그러진 깡통 안에는
나의 양심이 덜그럭거린다.

그가 숙인 허리에는 삶의 진실이 들어있다.
내가 숙인 허리는 계산된 위선이다.
그가 걸친 누더기는 모두가 필수품이다.
내가 걸친 옷은 나를 숨기는 위장망이다.
그의 손바닥 안의 동전 몇 닢은 그의 생필품이다.
내 지갑 속에 들어 있는 지폐는 상처의 전리품이다.

진실한 삶의 고통은 거지의 손바닥 안에
위장망을 쓴 나의 적선은 거지의 찌그러진 까발이 안에
위선은 나의 혓바닥에 설탕처럼 녹아있다.
가끔 향긋한 냄새까지 풍기면서……

흔들리는 지주대

거울 앞에서 내 앞모습만 바라보고 살아온 나는
뒷모습은 어딘가 나 자신이 아닌 것 같아 낯이 설다.

아침부터 막걸리와 같이 걸어온 세월
해 질 녘이면 몸이 흔들리고
마음이 흔들리고
당신을 저만큼 떨어져서
바라볼 수 있어서 좋았지.

막걸리가 하루를 견디는 버팀목이었고
나를 세워주는 지줏대였지.
가끔은 같이 쓰러졌지만.

어디까지 갔었는지 기억은 없지만
갈 때까지 가 봤던 것 같아.

한기가 느껴졌을 때
당신 집 창문이 보였었으니까.

망설임

망설임.
그대는
출발의 순간 앞에
서성이는 그림자.

망설임.
그대는
차마 떠날 수 없어
잠시 뒤 돌아보는
안타까운 몸부림.

세월은
망설이지 않는다.
다만 당신과 나만 망설일 뿐이다.

어리석은 기다림

낮이면 이름 모를 꽃들도
해를 바라보며 꿈을 꾸고
밤이면 각자 자기의 별을 바라보며
하루 역사를 속삭이는데
점점 찌그러져 가는 저 달은
이달에도 말 한마디 없네.

기다리다 지쳐
오늘도 술병 옆구리에 끼고 흔들리며
당신을 찾아 헤맬 수밖에…….

크리슈나무르티 선생으로부터 문자가 왔다.

'자기로부터의 혁명이란
내부에서 기다리는 것을 찾아야 한다고'
'누군가 손을 내밀어 주기를 바라지 말라고'

5부/ 비에 젖어 떠난 여인

無 有

그녀가 던져주고 간 백지 한 장
카스피엘 천사의 도장인가
아무리 인생을 조립해 봐도 풀리지 않네.

하늘이시여!
그때 그녀의 울음소리가
교회의 담을 넘지는 못했지만
그녀의 야윈 목에 걸려있던
십자가 목걸이를 살펴주소서!
그녀의 영혼을 돌봐주소서!

비에 젖어 떠난 여인

매일 아침 출근할 때 성당 뒷골목에서 만났던 여자
비가 오나 눈이 오나 땅바닥에 주저앉아, 몽당연필을 가지고
무언가를 쓰면서, 지나가는 남자들만 보면 팔뚝질을 하던 여자.

울기도 했다, 웃기도 했다.
헝클어진 머리카락, 사시사철 똑같은 옷차림.
꾸밈이란 그녀에게 어디에도 없었다.

지나가는 사람들은 항상 그녀를 보며 한마디씩 했다.
"미친년 오늘도 또 나왔네. 미친년 미치려면 곱게 미쳐야지
울긴 왜 울어!"
"미친년 미친년……"

나는 그녀를 훔쳐보다 어쩌다 눈이라도 마주치면
슬그머니 눈을 피했다.
죄지은 것도 아닌데 그녀와 눈이 마주치는 것이 무서웠다.
내 또래 같은 젊은 여자
무엇이 그녀를 미치게 했을까?
무엇이 그녀를 이렇게 울리고 있는 것일까?

정작 미쳐야 할 사람은 난데
죄 없는 당신이 미쳐서 세상의 조롱거리가 되어있군요,
미안합니다. 미안합니다.

출근길에 그녀 앞을 지나는 것은 나에게 하나의 일상이었다.
다른 사람들은 아침부터 재수 없다고 그 길을 피해 다녔지만
나는 굳이 피해가고 싶지 않았고, 오히려 어쩌다 그녀가 보이지
않는 날이면 그날은 가끔 그녀 생각이 났었다.

새벽부터 억수같이 비가 퍼붓던 날이었다.
그녀는 변함없이 땅바닥에 주저앉아 비에 젖어있었다.
그녀는 오늘도 울고 있었다.
울음소리가 비에 젖어 성당 담벼락을 넘지 못하고
빗물과 같이 흘러내리고 있었다.

가던 발걸음을 멈추고 슬그머니 우산을 그녀 옆에다 놓고
나도 비를 맞으며 좀 떨어진 거리에서 서 있었다.
그녀는 나를 개의치 않았다.
그치지 않고 울음보만 터뜨리고 있었다.

바싹 마른 목에 걸린 십자가 목걸이가
비에 젖어 같이 울고 있었다.
왠지 주홍글씨 같은 생각이 뇌리를 스쳤다.

번갯불이 번쩍하며 천둥소리에 그녀의 목에 걸린 목걸이가
녹아내리는 아픔이 보였다.
그녀는 울고 있는 것이 아니라
통곡의 기도를 하는 것같이 보였다.
나도 울고 있었다.
나도 이미 몸은 속옷까지 젖어 들고 있었다.

한참 후 그녀는 한 손으로 얼굴을 훔치며 나를 응시했다.
그리고는 혼자 중얼거렸다.
"미친놈, 미친놈, 미친놈……"
내가 꼭 범인으로 지적받은 것처럼
가슴이 뛰기 시작했다.

그녀는 일어나서 내 쪽으로 다가왔다.
나는 그녀가 다가오는 거리만큼 뒷걸음치며

어떤 안전거리를 유지하려고 했었다.

갑자기 "저놈이다! 저 미친놈!" 하며
비닐봉지에 싼 무언가를 나에게 집어 던지며 쓰러졌다.

나는 발걸음을 재촉해 그 자리를 벗어났고
물에서 건져 낸 것 같은 차림으로 버스를 탔다.
사람들 시선은 의식하지 않았다.

그녀가 나에게 던진 것이 무엇일까?
도저히 궁금해서 계속해서 갈 수가 없었다.
버스에서 내려 그녀가 있던 자리로 되돌아왔다.
내가 그녀 옆에 놓았던 우산도 그녀도 없었다.
그녀가 나에게 던졌던 비닐봉지만 땅바닥에
주인을 기다리듯 달라붙어 있었다.

봉지 속에는
비에 젖은 누런 종이 한 장만 들어있었다.
집으로 돌아와 방바닥에다 그 종이 한 장을

펼쳐놓고 그날은 아무것도 못 했었다.

그날 이후
그녀는 그 자리에서 볼 수 없었다.
소문만 무성했다.

무슨 뜻일까?
왜 그랬을까?
아무것도 쓰여 있지 않은 백지 한 장.
48년이라는 세월이 흐르는 동안
나는 아무것도 없는 빛바랜 종이 한 장을
부적符籍처럼 지니고 있다.

하늘이시여!
그때 그녀의 울음소리가
교회의 담을 넘지는 못했지만
그녀의 야윈 목에 걸려있던
십자가 목걸이를 살펴주소서!
그녀의 영혼을 돌봐주소서!

YOU

Such a starlit night,
my heart is sad for your sake.

The tearful face,
hidden sorrow

You may go
memory yet remain.

Now, you are gone away,
burning tears flow down my cheek´s.

Such a starlit night,
my heart is sad for your sake.
for your sake.

그냥 먼발치서 바라만 봤지요

당신이 오실 때
그냥 먼발치서
바라만 본 만남.

당신이 가실 때
그냥 먼발치서
바라만 본 이별.

우리의 만남과 이별은
비에 젖어
그렇게 왔다
그렇게 가버렸지요.

교회 담벼락에 걸린 울음소리

교회 담벼락 옆에 주저앉아
울부짖는 그녀의 울음소리
오늘도 그녀의 애원은
울타리를 넘지 못했다.

깡마른 목에 걸린
십자가가 달린 목걸이
오늘도 그녀의 믿음은
목에 걸려 비에 젖고 있네.

의미를 모르는 교회의 종소리만
멀리 퍼져가네.

나에게 던져진 백지 한 장

아무것도 적히지 않은 백지 한 장
아무것도 없네.
無, 無, 無……

아무것도 보이지 않는 백지 한 장
비에 젖은 눈물이 보이네.
有, 有, 有……

있는 것은 없는 것이요
없는 것은 있는 것이다.
색즉시공 공즉시색
色卽是空 空卽是色

외로움을 달래며

당신이 떠난 후에
캄캄한 내 가슴속엔
암흑에 가려진 그림자뿐이었습니다.

항상 당신의 환상은
안개처럼 피어났다가
흔적 없이 사라졌습니다.

말없이 사라져버린 그림자
어둠 속에 남은 것은
완벽한 고독뿐이었습니다.

아! 영원한 나의 그림자여!
당신이 남기고 간 외로움을 달래며
오늘도 촛불을 밝힙니다.

스스로 흉터를 위로하며

하루도 바람이 없던 날은 없었다
작은 가지를 흔들고 간 바람이지만.

하루도 눈물이 없던 날은 없었다
소리 내어 울어 본 적이 없는 눈물이지만.

하루도 이별이 없던 날은 없었다
아무것도 떠난 것이 없는 이별이지만.

이제 와서
다 꺼진 모닥불에서 불씨 하나 찾아 무얼 하겠다고
오늘도 습관처럼 사그라져가는 잿더미를 들추는가.
남겨진 슬픔이여!
타다 남은 세월의 그림자여!

꺼져가는 기억 중에 나의 불꽃 같은 영혼은
아직도 남아있는 흉터를 바라본다.
오직 불꽃의 영혼을 위해
세월의 그림자를 위로하며……

내 삶의 빈자리

눈이 내려야 할 정월 달에
이틀 밤 사흘을 두고 비가 내렸다.
우산도 없이 흰 옥양목 저고리를 걸치고
어둠 속에 나의 작은 새는 떠났다.

젖은 가슴 움켜쥐고
내 청춘 절름발이 환상은 몸서리쳤다.
찌그러진 세월의 마차 바퀴 덜컹대며 구른 황톳길에
산 그림자 길게 드리우고
날개 없는 새의 발자국 하나
모래 위에서 숨을 헐떡인다.

바다는 쉬지 않고 가슴을 깎아 밀어내는데
작은 기억 하나
석촉이 되어 가슴에 박힌다.
고성 속에 갇힌 새가 운다.
어린 꿈의 그림자가 흐느적거린다.

너와 나의 빈자리

절반만 그릇을 비웠어도

그 고랑은

이리 넓고 깊지는 않을 텐데……

손톱 끝에 기다림이

평생 한 곡조의 노래만 부르다 목이 쉰 어느 시인처럼
아직은 평행선을 달리는 기다림에 마침표를 찍지 않으렵니다.
아직은 손톱 끝에 불꽃 같은 영혼의 기다림이 남아있어요.

첫눈이 올 때까지 손톱 끝에 봉숭아 꽃물 자욱이 남아있으면
기다리는 님이 오신다고 했지요.
아직은 기다리렵니다.
비록 차가운 하늘에 눈썹같이 걸려있는 초승달처럼
지난여름의 그림자가 손톱 끝에 남아 있을지라도.

지금은 하루하루의 울림이
너무 낮은 음에서 울려 나오지만
당신 미소의 길이와 넓이와 높이를 알 때까지
아직은 기다리렵니다.
아직은 참으렵니다.

님이시여!
아직은 손톱 끝에 무지개 같은 영혼의 기다림이
전설처럼 남아있습니다.
평생 꺼지지 않을 불꽃처럼……

눈이 나리네

하늘에 오르려던
아름다운 영혼이
차마 두고 온 님 생각에
떠나지 못하고
곱디고운 하얀 사랑으로
다시 나를 찾아오고 있네.

지울 수 없는
내 청춘의 삐뚤어진 발자국을
하나하나 덮어가고 있네.

님이시여!
제 눈앞에 허상들을
잠시 담배 연기로 가리고 있으니
오늘 밤만이라도
오래 머물다 가소서!

너의 빈방

뭔가 꼭 집어 말할 수는 없지만
우리는 아쉬운 무언가를 너무 많이 남겼어.

가슴 한구석
너의 작은 손 반 뼘쯤은
내 가슴속에 아쉬움의 공간이야.

나는 그 공간 작은 방을
주인 몰래 광을 들락거리는 생쥐처럼
바닥에 떨어진 알곡을 주워 먹으며
추억에 굶주리진 않고 살았어.

아쉽지만
조금은 덜 채워진 공간

괜찮아…….

빛바랜 기다림의 끝

하늘이시여!
우리 기다림의 끝을
찬란한 태양으로 축복하소서.

하늘이시여!
그녀의 머리 위에는
영롱한 아침 이슬방울로 장식하시고
그녀의 가슴에는 백합꽃 향기로 보듬어 주소서.

하늘이시여!
그녀의 앞길에는
하얀 눈으로 세상 모든 것을 덮어
순백의 발자국을 남기게 하소서.

진주조개의 일생

상처받은 영혼이 바다로 떠났다

아물지 않은 작은 가슴
조가비 속에 감추고
난해暖海의 짠물 속에
기도하듯 시작된 인고의 세월

열 길 물속
치유될 수 없는 상처는
날마다 지난 꿈에 시달리다
은빛 진주가 된다.

또 누군가의 장식품이 되기 위해
참아왔던 설움
살아나는 눈물을 삼키며
또 바다를 떠난다.

빙하氷河의 전설

태고太古에 한 여신女神의 하얀 눈물이
얼어붙기 시작했다.
이유도 모른 채, 이별은 시작되어 작은 가슴 하나가
큰 산을 이룬 빙하氷河가 되어
우주의 탯줄에서 떨어져 나왔다.

몸서리치도록 차갑지만
그래도 얼어붙은 가슴보다는 따뜻한 바닷물에 몸을 싣고
유빙流氷이라는 이름으로
그렇게, 그렇게
인고忍苦의 세월은 시작되었다.

망각의 세월은 아픔이었지만
그래도, 얼어붙은 가슴은 깨지고 부서지며
세월 앞에 말없이 녹아내렸다.

태양도 없었다.
달빛도 없었다.
끝이 없는 흔들림뿐이었다.

녹아내리는 것은 얼어붙은 눈물이 아니라
태고의 하얀 슬픔이었다.

세월은 무서운 것
세월은 무서운 것
우주의 크기만 한 그 큰 빙하도
이제는 작은 파도에도 흔들리는 유빙이 되어
마지막 남은 눈물을 망각의 바다에 녹이고 있다.

어디선가
꿈같은 속죄의 바람 소리가 들려온다.
어디선가
유령 같은 태고의 속죄 바람 소리가 들려온다.

희미한 기억들을 더듬어보지만
너무 많은 세월이 지났다.
그 바람 소리조차 희미한 전설일 뿐이다.

아!

빙하의 눈물이여!
유빙의 세월이여!
코스모스의 전설이여!
누가 그대 앞에서 기다림을 이야기 할 수 있겠는가?
누가 그대 앞에서 속죄를 이야기 할 수 있겠는가?

꿈속에서 만난 두 영혼의 왈츠

길고도 먼 길을 돌아
빛바랜 백지 한 장 들고
상처받은 두 연인은
관중이 없는 무대 위에 섰다.

한 손으로 셀 수 없는 세월이 지나서
만난 두 연인.
더는 말이 필요 없었다.
더는 바람이 없었다.
그냥 얼어붙은 세월이 주체할 수 없이
무대 위를 흘러내리고 있을 뿐이었다.

성당 종탑을 맴돌던 바람이 불어와
두 연인의 하얀 머리를 쓰다듬고
하늘은 잠시 두터운 구름으로 태양을 가렸다.

상처받은 두 영혼이여!
이제 와 만난 두 연인이여!
지난 세월은 묻지 마라!

지난 눈물은 세지 마라!
너희의 그 숭고한 사랑은
백지 한 장으로 남으리라!

그것이 삶이란다.
그것이 사랑이란다.

어여쁜 두 영혼아!
춤을 추어라!
부둥켜 안어라!
너희의 얼어
붙은 가슴이 녹을 때까지.
이 세상 다 할 때까지.
춤을 추어라!

6부/ 폐지 줍는 연인

無 有

有 無

어느 날부터 폐지 줍는 아주머니는
내 모습처럼, 내 어머니처럼
가슴에 다가왔다.

말을 아끼는 분이었지만
표정과 기침 소리 하나에도
인생 달관의 모습이 보였었다.

그분은 눈으로 말을 하며
폐지 줍는 손놀림 하나하나에
내 유년 시절의 모습이 보여
내 마음을 열고
다가갈 수 없는 거리까지
다가갔었다.

인연

그분과 인연을 맺는 것은 몇 년 전 색소폰 학원을 가기 위해 버스에서 내려 학원 쪽으로 걸어가고 있는데, 폐지를 싣고 가던 유모차가 앞에서 넘어지는 것을 보고 도와주면서 시작되었다.

그 후 학원을 갈 때 간식으로 아이스크림이나 빵을 사가지고 가면서 그분이 보이면 자연스럽게 한두 개씩 드리면서 대화를 하며 세월이 지났다.

불턱에서 미끄러져 허리를 다치기 전까지 수십 년 동안 상군해녀로 물질을 하며 사셨다고 했다.

가끔 물안경을 쓰고 다니셨는데 물질할 때 쓰는 족쉐눈이라고 했다. 그리고 그분은 호박같이 둥근 것을 깔고 앉아있는 모습을 봤는데 물질을 하며 가슴에 안고 헤엄칠 때 쓰던 도구 테왁이라고 했었다.

사람이 참을 수 있는 한계까지 숨을 참으며 물속세상과 물 밖의 세상을 들락거리며 두 세상을 살아온 여인, 언제부턴가 내 가슴속에 잊을 수 없는 연인으로 자리 잡고 있다.

언제부턴가 물속이 천국이었고
물 밖의 세상은 지옥이었습니다.
천국에서 건져 올린 것을 지옥에 팔아
지옥에서 연명하며 사는 삶이었다.

폐지 줍던 여인이 주고 간 편지

성함도 몰라 아는 것이 없으니 그냥 영감님이라고 부를게요.
영감님, 저는 어려서부터 반세기를 물질하던 사람이었어요.
인간이 살 수 없는 세상을 참을 수 있는 한계까지 숨을 참으며
다른 세상을 오가며 살아온 사람입니다.

언제부턴가 물속이 천국이었고
물 밖의 세상은 지옥이었습니다.
천국에서 건져 올린 것을 지옥에서 팔아
지옥에서 연명하며 살아온 사람입니다.

더 이상 천국을 들락거릴 수 없는 몸이 되어
지옥에서 남들이 버린 폐기물 더미를 뒤지며 영원한 안식처로
갈 준비를 하고 있던 사람입니다.
이 세상에 저를 달래줄 사람은 누구도 없었습니다.
우연인지 하늘의 축복인지 저 자신처럼 쓰러진 유모차를
일으켜 세워 정리해 주실 때 영감님은 제 곁에 다가온
처음 느껴본 연인이었습니다.
저를 안전하게 태워줄 테왁과 같았고 제 망사리 안에는
영감님의 따뜻한 마음이 가득했었습니다.

고마웠습니다.
이제 저를 조이던 물적삼과 물소중이를 훌훌 벗어던지고
꽃이 되어 날아가겠습니다.

망사리 안에 가득한 몸부림

갑작스러운 헤어짐의 시간이 오기까지
나는 그 여인의 깊이를 재 본 적이 없었다.

그 여인과 헤어지던 날이
그 여인의 내면세계를 만날 수 있는 날이었다.

그녀가 주고 간 편지를 읽고 나서
나는 내 주위를 살펴봤다.
하늘을 쳐다봤다.
내가 보내고 있는 세월
영혼이 허공에서 맴도는 시간이다.

숨을 참는다는 것은
잠시 자신을 죽이는 시간이다.
그녀의 삶은
자신을 죽이고
내가 알 수 없거나 이해할 수 없는 것들을
망사리 안에 가득 채운 몸부림이었다.

믿음이 거짓말을 하더라도 기다릴게요

그냥
기다릴게요.
당신의 소식을.

기다린다는 것은 믿음이겠지요.
우리가 지은 가슴 속 흙집을 허물지 않고
처음처럼 시장 골목 폐지 더미 옆에서
당신의 소식을 기다릴게요.

제가 지고 가는 지게 위에
또 하나 믿음의 보따리가 얹어져
허리가 굽더라도
그냥 기다릴게요.

믿음이 거짓말을 하더라도
못 들은 척하고
그냥 서 있을게요.

폐지 줍는 연인

내 연인은
시장 골목에서 폐지 줍는
누님 같고 어머니 같은 여인.
손바닥이 다 갈라지고 계절과 관계없이
같은 옷을 입고 사는 여인.

내 연인은
어린 꿈이 타고 다녔을 녹슨 유모차에
폐지를 주워 싣고 자장가를 부르며
골목길을 헤매는 여인.

내 연인은
누워야만 하늘을 쳐다볼 수 있는
땅 냄새만 맞고 사는 여인.

아이고! 영감님!
오늘도 나팔 불러가슈?
영감님은 뭘 하시는 분이신데 지나칠 때마다
나 같은 할망구에게 여름이면 아스케기를

거울이면 빵을 주시는 거유?

아, 저는 그냥 해 질 녘에 나와
나팔 불고 막걸리 한잔하고 담배 한 대 피우며
저 혼자 히죽거리며 사는 사람입니다.

그려, 나팔도 속에 있는 것 불어내기에는
그보다 더 좋은 것 없을 거유.
나는 폐지를 줍는 것이 아니고
잃어버린 시간들을 주워 모으고 있어유.
혹시나 재활용 할 수 있는 것이 있나 해서유.

저도 젊어서 사랑하는 사람을 만나
오남매를 낳아 기른 사람이유.
이제 나는 내가 버린 것들을 주워 모아야 해유.
살아보니, 마음먹기에 따라
있는 것은 없는 것이요, 없는 것은 있는 것입니다.

근데, 영감님 그동안 고와웠슈.

내일모레면 여기를 떠나야 해유.
어디로 가는지는 나도 몰라유.
아 참, 영감님! 담배 피슈?
이거 쓰레기통에서 주운 건데 피워 보슈.
그리고 이거 편지유, 제가 간 다음에 읽어 보세유.

편지를 쥐여주며 그 여인은 내 손을 꼭 잡았다.
처음이자 마지막 잡은 내 연인의 손!
여태까지 살면서 이런 손은 처음 잡아봤다.
그 손은 아마 성모님의 손이 아닐까?
아니, 잃어버린 내 연인의 손일 것이다.
아니, 내 인생의 사랑했던 사람들의 손일 것이다.

……………………………………
……………………………………

그 연인은 떠나고
녹슨 유모차에 하얀 눈이 소복이 쌓였다.
세상 모든 것을 덮으려는 듯

나는 어떻게 하라구

폐지 줍던 당신이
어디론가 떠나고
이제는 눈만 감으면
자기 키만 한 망태기를 짊어진
넝마주이 소년이 보이기 시작하네요.

둑을 쌓아 과거를 단절하고
다시는 기억조차 하기 싫어
그 길목을 돌아서 다녔는데
당신이 떠나고 그 소년이 보입니다.

떠날 테면 그냥 가시지
왜 밀봉해 놓은 내 옥합을
깨뜨려놓고 가십니까?
나는 어떻게 하라구.

눈물로 쌓아 막아 놓은 과거의 수문을
열어놓고 가시면 어떻게 합니까.
갇혀있던 설움과 가시 바늘들이

쏟아져 나올 텐데
나는 어떻게 하라구.

나의 선생님

어디로 가면 된다고 말해 주는 사람이
선생님이다.

그것은 하면 안 된다고 말해 주는 사람이
부모님이다.

십계명을 함축하면
○○해라.
○○하지 마라! 이다.

나는 햇빛 잘 드는 양지 편에 살지 않았지만
살아가며 만나는 사람이, 당신이
나의 선생이며 신앙이었어.

웬일인가요

그때
당신의 미소는
이른 봄 갓 따낸 오이에서 풍기는
향긋한 냄새가 났어요.

그러나
당신이 입을 열고 말을 하면
항상 이야기 끝에는
오이 꼭지만큼 쓴맛이
입가에서 돌았었지요.

당신은 이제
웃지도 않고
이야기하지도 않는데
내 눈에 당신의 미소가 보이는 것은
웬일인가요

내 입에서
소태 같은 쓴맛이 도는 것은
웬일인가요

진정한 그림자는 장님에게 물어보라

　―눈에 보이는 모든 것은 떠날 때 그림자도 함께 거둬간다.

오이 꼭지만큼 쓴 미소를 남기고 떠난 영혼은
그림자 없는 그림자를 어둠 속에 숨기고
남은 사람을 괴롭힌다.

흔들리는 것은 그림자가 없다.
물거품은 물의 그림자가 아니다.
흐르는 것은 그림자가 없다.

보이는 것은 거짓이다.
보이는 것은 안개와 같아서
해가 뜨고 시간이 지나면 사라진다.

영혼의 그림자는 가슴속에만 드리운다.
환상은 영혼의 그림자다.
영혼의 그림자는 암흑 속에서만
가슴에 드리운다.

눈 뜬 사람은
그림자를 볼 수 없다.
진정한 그림자는 장님에게 물어보라.

자갈밭에 호미로 쓴 시

연필을 들면
나는 화장化粧을 하기 시작한다.
분칠을 하고 티눈을 가리며
무대 위에 서는 사람처럼 분장을 한다.

이것은 아닌데
이것은 진정한 내 모습이 아닌데…….

결국은
호밋자루 들고
자갈밭을 긁어
땀방울을 흙 속에 심는다.
오늘도…….

넝마주이 소년을 생각하면서

당신을 찾아가지 못하는 마음

님이시여!
당신이 계신 곳 감히 찾아갈 수 없어서
바람결에 제 마음 실어 보냅니다.

그냥
풀잎 하나 흔들리면
제 마음 간 것이고

나뭇가지 하나 흔들리면
제가 몸부림치고 있는 것이고

해 질 녘에 갈대가 울면
제가 울고 있는 것입니다.
님이시여!

7부/ 인샬라 إن شاء الله

당신의 뜻이라면 기꺼이
받아드리겠습니다.
인샬라.

King Khalid Military City

المَمَلَكَة العَرَبِيَّة السُّعودية
وزارة الدفــــاع والطيران
إدارة الأشعــــان العسكرية

KINGDOM OF SAUDI ARABIA
MINISTRY OF DEFENSE AND AVIATION
KING   KHALID   MILITARY   CITY

그때 그분들을 위하여!

사우디아라비아 K.K.C.M 평생 잊을 수 없겠지요?
사랑하는 가족을 떠나 그 뜨거운 곳에서 땀 흘렸던 우리들.
낮에는 현장의 열기에 땀에 젖고
밤이면 고국의 가족들이 그리워 눈물에 젖던 우리들.
그 와중에 우리는 위험을 무릅쓰고 공소를 만들어 기도했지요.
형제들이여! 지금은 어떻게 살고 계십니까?
하늘의 보살핌으로 잘 살고 계시겠죠?
사우디에서 불의의 사고로
눈물 보따리를 고국으로 보낸 영혼들을 위로하며
오늘 기도를 올립니다.
당신들이 계셨기에 오늘의 우리가 있습니다.
감사합니다(슈크란). 울지 마세요.

인샬라

당신의 뜻이라면 기꺼이
받아드리겠습니다.
인샬라.

당신이 원하신다면 말없이
받아드리겠습니다.
인샬라.

제가 가야 할 길이라면 계속해서
걷던 길을 가겠습니다.
인샬라.

이제부터는 용서를 빌고
용서를 하겠습니다.
인샬라.

그래도 눈물이 나네요.
인샬라, 인샬라, 인샬라……

같이 사우디에 갔던 Lee씨

사우디에서 우리는 기사도 기술자도 아닌 잡부였다.
자책하며 비하하는 말로 스스로 개잡부 라고 불렀었다.

그때 그분은 보통 사람처럼 돈 벌러 온 사람이 같지는 않았었다.
뭔가 길을 찾는 사람 같았고
하늘을 바라보는 눈높이가 다르게 보였었다.

그분은 고국에 돌아와 늦은 나이에 신부님이 되셨다.
사우디 잡부보다 더 심한 노동을 하시며 성지를 만드시느라
이제는 하얀 할아버지가 되셨다.
아마 지금도 잡초를 뽑고 계시든지 나무위에 매달려 계실 것이다.

신부님께
어리석은 질문을 하고 싶은 적이 여러 번 있었지만
아직 질문을 하지 못했다.
왜냐하면, 어리석은 대답이 나올 것 같아서.

신부님!
존경합니다.

사우디아라비아에서

낙타의 울음소리에
찬란했던 페르시아 왕국이 되살아나고
밤 깊어 은하수 강물 되어 흐르면
희망의 땀에 젖은 하얀 웃음이
고국을 향해 날갯짓한다.

홍해 바다는 붉은 가슴을 열고
하늘 향해 영원을 소리치는데
엷은 달빛 아래 스며드는
이 메마른 향수에 몸부림

두고 온 사람이나
떠나 온 사람이나
어쩔 수 없다.

시나브로*

神이인간을채찍으로길들이지 않고시간으로길들이고있을때
참을성없는인간은무너져내리고있었드란다, 허물어지고있었
드란다, 체념하고있었드란다.
자신도 모르는 사이에 조금씩 조금씩……

神이더이상하늘에서당신의소리를듣지않고있었을때당신의그
잘난믿음은낮은데서절망하고더이상펼쳐지지않는날개를원망
하며추락하고있었드란다.
당신이모르는사이에 조금씩 조금씩……

당신이슬픔에대해뭘알아? 당신속엔불꽃같은영혼이없는데어
둡고후미진세월저편에두고온불빛말야? 번개불은짧고밝아세
월의허리가부러지던날우리는별중에도우주를방황하며떠도는
별이있다는것을알았지. 그리고우리는코스모스의한구석유배
되어수억광년떨어진곳에서가물거리는빛을바라보며표류하기
시작했지.
우리가모른사이에 조금씩 조금씩……

저산처럼저바다처럼입다물고울어라. 삶은아무도몰라. 때로는

운명조차도당신의가장아픈곳을찌르고돌아서서히죽히죽미소짓
고있잖아.

내가 모르는 사이에 조금씩 조금씩……
당신이 모르는 사이에 조금씩 조금씩……
神이 모르는 사이에 조금씩 조금씩……

*시나브로 : 모르는 사이에 조금씩 조금씩

낙타의 눈물

모든 것 떨치고 온
이국의 사막에서
나를 보내고
울고 있을 당신을 생각하며
낙타와 함께 울었다.
인샬라.

뜨거운 모래알이
별빛에 울고
어둠 속에 바람이 울고
기다림에 별이 울고
사우디 잡부가 울었다.
인샬라.

아직 믿음은 병들지 않았어

이제는
풀벌레 소리 하나도
예사롭게 들리지 않는다.

이제는
바람 소리 하나도
가슴을 그냥 스치고 지나지 않는다.

이제는
밤하늘의 별빛 하나도
내가 만났던 사람들의 눈빛 같은 느낌이 온다.

아직은
당신에 대한 믿음이
병들지 않아서 희망이 있는 것일까?

그래서
오늘도 당신의 문 앞에서
서성거리고 있나 봐.

그냥 믿음이 진실이야

세상에 내가 알지 못하는 진실 앞에서
내가 부끄러워하는 것은 당연하겠지.

남들은 다 아는데
당신이 알지 못하는 진실 앞에
나의 말 한마디가 뭐 그리 대단하겠어.

듣지도
보지도
말하지도 못하는 사람한테는
그냥 믿음이 진실이야.

낙타의 굽은 허리에 꿈을 싣고

퇴색된 깃털의 한 마리 새가
사막의 바다 위를 날고
꿈꾸는 모래알이 뜨거운 태양을
가슴으로 받아들인 오후
잃어버린 꿈이 땀방울을 타고 흘렀다.

텅 빈 가슴을
할라스 바람이 더듬고
달빛에 부서진 모래알이
참았던 울음을 터뜨린 밤.
낙타의 굽은 허리에 퇴색된 꿈을 실었다.

아! 나는 왜 이리 아픈가
모든 것 떨치고 떠나온 줄 알았는데
나는 결코 아무것도 버리지 못하고
아무것도 소유하지 못한 채
이렇게 한 덩어리의 죄를
가슴에 넣고 사는 것 같으니……

24. September. 1979
K.K.M.C에서

나는 보았네

나는 보았네
아이들 뛰노는 얼굴에 숨어있는
나와 내 아내의 모습을

나는 보았네
내 아내의 얼굴에
내 그림자가 있는 것을

나는 알았네
내가 걷는 뒷모습엔
내 아내의 그림자가 있는 것을

나는 알았네
말은 하는 사람 것이 아니라
듣는 사람 것이라는 것을

눈雪의 일생

가슴이 얼어붙기 시작했다.
더는 날 수 없는 무게를 느끼며
추락하기 시작했다.

시작은 하얀 절망이었다.
시작은 소리 없는 울음이었다.
시작은 가냘픈 흔들림이었다.

긴 흔들림의 끝.
지상에 내려와
물이라는 이름으로
흐느적거리기 시작했다.

흐느적거림의 끝.
다시 한번 안개라는 이름으로
그의 영혼은 하늘 높이 오르기 시작했다.

그냥 웃고 삽니다

이제는
그냥 웃고 살지요.
웃으면 모든 것이 다 녹으니까요.

이제는
마음이 서러워도 웃고 말지요.
웃으면 서러움이 도망을 가니까요.

이제는
입 벌리고 크게 웃지요.
입 벌리고 웃으면
눈물이 입으로 나오니까요.

8부/ 용서를 빌고 용서합니다

잘잘못을 정확한 저울에 달아서
용서를 빌고 용서를 할 수 없다.

용서란 상대방을 향해 기울어진
고장 난 저울에 달아야만 가능하다.

용서를 빌고 용서를 하기까지

긴 세월 못 잊음 하나로
당신이 지나칠 것 같은 길목에
독고마리를 심어놓고 기다려왔습니다.
당신의 옷자락에 붙어서라도 같이 가고 싶어서

단 한 번이라도 당신이 꼭
용서의 길목을 지나가리라는 믿음을
신앙처럼 굳혀가면서

흐르는 세월에 퇴색된 믿음이 수치입니까?
인생의 목적이 꽃을 피우기 위해선가요?
높은 산에 오르기 위해선가요?
벌써 서리가 내리고 있습니다.

용서의 시작은 잊는 거겠지요.
눈에 보이는 것
귀에 들리는 것
어느 것 하나
용서의 이유가 되지 못했던 지난 세월

내 눈은 깊이를 알 수 없는
아주 먼 곳을 바라보았지만
항상 미움과 증오의 늪으로만
빠져든 세월이었습니다.

이제는 용서를 빌고
용서를 받고 싶습니다.
바람에 흔들리고 비에 젖어도
아직 쓰러지지 않은 이유는
상처의 뿌리가 깊었기 때문입니다.

증오하는 마음이 손님처럼 찾아와
주인처럼 온 가슴을 채우고 살아온 세월
용서하지 못하므로 괴로워하는 흔들림
항상 그 옆에서 지남철처럼 남쪽을 향해
몸서리치며 살았습니다.
백발이 다되도록 증오심을 앞세워
어둠 속을 방황하면서

한 손은 용서를 비는 손이고
한 손은 용서를 받아들이는 손이라는 것을
이제야 알았습니다.
내가 날지 못한 것은 몸이 무거워서가 아니라
마음이 무거워서라는 것을 이제야 알았습니다.

오늘부터는
하루하루를 쌓아가는 것이 아니라
하루하루를 지워가며 살겠습니다.
지워나가야 당신을 만날 수 있겠지요.

뻐꾸기알을 제 새끼로 알고
온몸으로 품어 길러낸 딱새 한 마리
그것도 내 잘못이었다고
오늘 당신에게 용서를 빕니다.
오늘 당신을 용서합니다.

하늘이시여!
"우리에게 잘못한 이를 우리가 용서하듯이
우리 죄를 용서하소서!"

잃어버린 용서容恕를 찾아서

오늘도 습관처럼
잃어버린 당신을 찾아서 길을 떠납니다.

오늘은 꼭 당신을 만나고 오리라는 비장한 각오로
낮술 한잔하고 장도에 올랐습니다.

길은 길에 연하여 끝이 없고
술은 술을 불러 벌써 나를 잃어버렸습니다.

어디에서 내려야 당신을 만나는지 목적지도 잊은 채
녹슨 철길에서 흔들리고 있습니다.

容恕를 하러 가는 것인지
容恕를 빌러 가는 것인지
이미 용서는 술에 녹아 취해버렸습니다.

한기가 느껴져 눈을 떴을 때
나는 오늘도 오이도 종착역에서 새벽을 맞이합니다.

오늘 당신에게 용서를 비는 이유
오늘 당신을 용서하는 이유

내가
하늘에 용서를 빌기 전에
당신에게 먼저 용서를 비는 이유는
당신도
내가 건너지 못하는 애증의 강을
오늘도
바라보고만 있을 것 같아서입니다.

내가
오늘 당신을 용서하는 이유는
당신도
내가 지고 있는 짐을 지고
오늘도
목발을 짚고 대문 앞에서
망설이는 모습이 보여서입니다.

발신자 표시 없는 메시지

여보게!
쓰러지는 것보다 중요한 것은
다시 일어서는 것이라 했네.
모든 걸 용서하고 용서를 빌며
다시 일어서게나!

여보게!
아름다운 세상이 존재하는 것은
진리가 아니라 믿음이라 했네.
당신의 형제는 그래도 당신을
사랑하고 있다는 믿음을 버리지 말게나!

여보게!
오늘 고백한 잘못은
자네의 새로운 미덕이 될 것이네.

여보게!
잘못을 일찍 뉘우치고 고백을 하면
자네의 영혼은 새털처럼 가벼워질 것이네.

여보게!
뚜껑을 덮어놓은 그릇에는
빗물이 고이지 않는다네.
오늘부터 마음의 뚜껑을 열어놓으면
촉촉한 사랑이 고일 것이네.

여보게!
용서는 찾아가는 길이 아니고
만들어 가는 길이라네.
스스로 만들어가지 않으면
용서는 갈 수 없는 길이라네.

여보게!
이 세상을 살아가는 위대한 기술 중의 하나는
잊는 것이라네.
잊게나, 잊으면 새로운 것이 보인다네.

여보게!
자네가 베갯잇을 적신 눈물은
사랑이 자라나는 생명수라네.

곧 사랑의 꽃이 필 것이네.

여보게!
세상을 살면서 가장 큰 죄는
증오하고 미워하는 것보다
무관심한 것이 더 큰 죄라네.
항상 관심을 가지고 이웃을 살피게나.

여보게!
용서를 빌고
용서를 하고
좋은 사람들과 웃으며 지내는 것은
神의 축복이라네.

여보게!
상처가 아물어도 흉터는 남는다네.
흉터를 훈장처럼 가슴에 달고
교훈으로 삼게나.
자네의 자긍심이 될 것이네.

오늘부터는

오늘부터는 눈을 가리고 살 거야.
마음의 눈으로 봐도 당신이 볼 테니까.

오늘부터는 귀를 막고 살 거야.
가슴에서 울리는 느낌만으로도 충분하니까?

오늘부터는 입을 다물고 살 거야.
입을 닫고 산다고 마음마저 닫은 건 아니니까.

오늘부터는 벙어리와 귀머거리에게 통화는 언어
웃음과 믿음으로 당신께 다가갈 거야.

백지 고백성사

초판 인쇄 2019년 9월 25일
초판 발행 2019년 10월 9일

지은이   신 광 순
펴낸이   장 지 섭
본문디자인   김 은 숙
인쇄·제본   (주)금강인쇄
펴낸 곳   도서출판 시인

등록번호 제384-2010-000001호
등록일자 2010년 1월 11일
13992 경기도 안양시 만안구 안양로 320번길 20(안양동) B동 2층
Tel 031-441-5558   Fax 031-444-1828
E-mail : siin11@hanmail.net / www.siin.or.kr

ⓒ신광순   2019 printed in Seoul,Korea
ISBN 979-11-85479-23-1 (03810)